Atelier de feu Henri Collinet

Artistre Peintre

TABLEAUX

Aquarelles, Dessins, Etudes

Gravures

MEUBLES, OBJETS. D'ART

Accessoires de peintre, Chevalets

TABLEAUX ANCIENS & MODERNES

composant sa collection particulière

TABLEAUX ANCIENS ET MODERNES — OBJETS D'ART ET MEUBLES

appartenant à divers

VENTE

HOTEL DROUOT — SALLE N° 3

Les Mercredi 14 et Jeudi 15 Juin 1905

A 2 HEURES

Me E. BOUDIN
COMMISSAIRE-PRISEUR
14, rue Grange-Batelière, 14

M. M. CAMUS
EXPERT
64 — rue de Douai — 64

EXPOSITION PUBLIQUE

Le Mardi 13 Juin 1905, de 2 heures à 6 heures

CONDITIONS DE LA VENTE

La vente sera faite expressément au comptant.

Les acquéreurs paieront *dix pour cent* en sus du prix d'adjudication.

L'exposition mettant le public à même de se rendre compte de la nature et de l'état des objets, aucune réclamation ne sera admise une fois l'adjudication prononcée.

PARIS. — IMP. E. CHAUFOUR, 8 & 10, RUE MILTON

Atelier de feu Collinet

DÉSIGNATION

PEINTURES

1 — Port de Cannes, le soir. Salon 1901. Toile. H. 0,85. — L. 1,25.

2 — Le matin à Cannes. Salon 1901. Toile. H. 0,80. — L. 1,20.

3 — Le bas de l'Esterel à la Napoule. Toile. H. 0,90. — L. 1,20.

4 — Marée basse à Schevennigue (esquisse). Toile. H. 0,88. — L. 1,25.

5 — L'atelier du forgeron. Toile. H. 0,70. — L. 0,58.

6 — Port de Nice. Toile. H. 0,60. — L. 0,78.

7 — Vieux pêcheur. Toile. H. 0,65. — L 0,50.

8 — Ruisseau aux environs du Saut-du-Loup (Alpes-Maritimes).

9 — Intérieur de l'atelier de feu H. Collinet. Toile. H. 0,48. — L. 0,64.

10 — Le retour de la pêche. Toile. H. 0,40. — L. 0,66.

11 — Prairie aux environs de Sens. Toile. H. 0,32. — L. 0,66.

12 — Le jardin du préfet et statue d'Etienne Marcel à Paris. Toile. H. 0,50. — L. 0,65.

13 — La rade à Antibes. Toile. H. 0,46. — L. 0,62.

14 — Barques de pêche à Villefranche. Toile. H. 0,37, — L. 0,55.

15 — Nature morte. Toile. H. 0,55. — L. 0,40.

16 — Débarcadère à l'île Sainte-Marguerite. Toile. 0,48. — L. 0,65.

17 — Saltimbanques au repos. Toile.

18 — Cour de ferme à Malay (Yonne). Toile.

19 — Charbonnier dans les Vosges. Toile.

20 — Charbonnier dans les Vosges. Toile.

21 — Paysage à Malay (Yonne). Toile.

22 — Lavoir sur la Divette. Toile.

23 — Barques de pêche à Cannes. Toile.

24 — Menuisier dans les Vosges. Toile.

25 — Entrée du port à La Rochelle. Toile.

26 — Bouilleur de cru à Malay (Yonne). Toile.

27 — Vue de Biot (Alpes-Maritimes). Toile.

28 — Rochers au golfe Juan (Alpes-Maritimes). Toile.

29 — Pins parasols à la Bocca (Alpes-Maritimes). Toile.

30 — Port de Cannes. Toile.

31 — Le port à Saint-Raphaël. Toile.

32 — Bord de l'Yonne. Toile.

33 — Paysage à Cabourg.

34 — Oliviers au Cannet (près Cannes).

35 — Rivière à Tounay (Charente-Inférieure).

36 — Marine. Toile.

37 — Coin de cour à Paris. Toile.

38 — Le phare de Corbière à Jersey. Toile.

39 — Port de Cannes (Alpes-Maritimes).

40 — Vue de la Galinette à la Napoule.

41 — Dordrecht, le port (Hollande).

42 — Bateaux à Saint-Jean (Alpes-Maritimes).

43 — Les bords de la Seine à Saint-Denis.

44 — Voilier en Méditerranée. Toile.

45 — Cours d'eau à Plombières (Vosges). Toile.

46 — Bords de l'Yonne. Toile.

47 — Ferme à Malay (Yonne). Toile.

48 — Bateaux sur la Mandla. Toile.

49 — Bateaux à la Ciotat (Bouches-du-Rhône).

50 — Nature morte. Toile. H. 0,55. — L. 0,40.

51 — Coin de l'atelier Collinet. Toile.

52 — Bateaux à Saint-Raphaël (Alpes-Maritimes).

53 — Portrait de femme espagnole.

54 — Barque et pêcheurs.

55 — Marine.

56 — Cascade sous un pont.

57 — La plage à Cabourg.

58 — Barque de plaisance.

59 — Nature morte.

60 — Jeune paysan.

61 — Pré à Plombières.

62 — Les bords de la Marne.

63 — Vue du port de Cannes.

64 — Falaises à Jersey.

65 — Partie de pêche à Poissy.

66 — Charrette et charrue à Malay (Yonne).

67 — Une rue au vieux Rouen.

68 — Le lesteur à Cannes.

69 — Le port au Havre.

70 — Les bords de l'Avre.

71 — Barques de pêche à Cannes.

72 — La Tricoteuse.

73 — Barque de pêche.

74 — Barques de pêche à marée basse.

75 — Bateaux sur l'étang de Berre.

76 — Paysage à Vence (Alpes-Maritimes).

77 — Pêcheur peignant une barque.

78 — Bateaux sur l'étang de Berre.

79 — Pêcheur à Boulogne.

80 — Pêcheur au bord de la Marne.

81 — Rochers au Trayas (Alpes-Maritimes).

82 — Rochers à la Napoule (Alpes-Maritimes).

83 — Bord de la mer au golfe Juan (Alpes-Maritimes).

84 — Paysage à la Ciotat (Bouche-du-Rhône).

85 — Bateau de pêche à Dieppe.

86 — Bateau de pêche aux Martigues.

87 — La Dives à Cabourg.

88 — Rochers à Jersey.

89 — Rochers près de Toulon.

90 — Barques à marée basse.

91 — Rochers au bas de l'Esterel (Alpes-Maritimes).

92 — Barque à la Boua (Alpes-Maritimes).

93 — Bateaux de plaisance en rade de Cannes.

94 — Jardin à Fréjus.

95 — Tombereaux et brouettes.

96 — Barques amarées au bord de l'Oise.

97 — Maisons à Grasse (Alpes-Maritimes).

98 — Une rue au vieux Nice.

99 — Jeune servante normande.

100 — Barques à l'île Saint-Denis.

101 — Vue à Vence-Cagne (Alpes-Maritimes).

102 — Atelier de radoub dans l'île de Saint-Denis.

103 — La Divette à Cabourg.

104 — Une ferme aux environs de Sens.

105 — Bateaux à Dives.

106 — Lac suisse.

107 — Route de Magagnosc.

108 — Barque et plage.

109 — Marée basse à Schevenningue.

110 — Une Rue au Cannet (Alpes-Maritimes).

111 — Port de Monaco.

112 — Vence.

113 — Bords de la Seine.

114 — Cannes et l'Ile Sainte-Marguerite.

115 — Rochers au Trayas.

116 — Vue de Cagne.

117 — Ferme près Grasse.

118 — Maison de campagne aux environs de Nice.

119 — Bateaux charbonniers à Cannes.

120 — Le Lesteur à Cannes.

121 — Rivage à Saint-Honorat.

122 — Ile Séguin à Billancourt.

123 — Nature morte. Toile.

124 — Ouvriers au pilotage.

125 — Intérieur d'atelier.

126 — Barques de pêche sur la plage.

127 — Plage à la Bocca.

128 — Source de la Vesubie (Alpes Maritimes).

129 — Vieille tour à Saint-Honorat.

130 — Rochers à Théoule.

131 — Charrette attelée d'un âne.

132 — Bords du Cher.

133 — Paysage dans le Var.

134 — Plage à Jersey.

135 — Barque à Cabourg.

136 — Route à Plombières.

137 — Barque au Bas-Meudon.

138 — Paysage à Plombières.

139 — Plage à Trouville.

140 — Vue de l'Esterel.

141 — Bateau l' « Espérance » à Cabourg.

142 — Nature morte : fruits.

143 — Nature morte : poissons.

144 — Nature morte.

145 — Nature morte.

146 — Barques au rivage.

147 — Puits à la campagne de Malay.

148 — Petites barques.

149 — Vieille Bretonne.

150 — Jeune servante.

151 — Barque devant l'écluse.

152 — Débarcadère à Cannes. (Esquisse du Salon 1898).

153 — Croisette à Cannes.

154 — Vue d'intérieur.

155 — Petit voilier à Meudon.

156 — Rochers près de Monte-Carlo.

157 — Bateaux de pêche à Cabourg.

158 — Barques dans la rade de Villefranche.

159 — Rade au Golfe-Juan.

160 — Rochers à la Napoule.

PEINTURES

(Par, d'après et attribuées à)

161 — VALLÉE (MAX). Sur le quai près l'Ile Saint-Louis, à Paris.

162 — MARKS. Voiliers à Cherbourg.

163 — GARNIER (Attribué à J.). Flagrant délit. Esquisse.

164 — BISTAGNE. Marine.

165 — VALLÉE (MAX). Bords de la Seine.

166 — BISTAGNE. La Plage à Luc-sur-Mer.

167 — ECOLE FLAMANDE XVIIe SIÈCLE. Le Dentiste. Peinture sur panneau chêne, cadre bois sculpté.

168 — ECOLE DE FONTAINEBLEAU. Baigneuses. Peinture sur bois.

169 — ROZIER (JULES). Paysage peint sur bois.

170 — LINGUET (HENRI). Paysage peint sur bois.

171 — CICÈRI (Attribué à EUG.). Intérieur de ferme. Esquisse.

172 — GRENET (ED.). L'Agneau blessé. Toile.

173 — HADENGO (M.). La Fleuriste. Toile.

174 — RENAULT (ED.). Ferme dans la Sarthe.

175 — ARLUC (P.). Paysage.

176 — PAUSY (V.-G.). Nature morte.

177 — GARNIER (Attribué à J.). Esquisse : Jeune femme enlevée par un singe.

178 — Pêcheurs hollandais peints sur bois.

179 — Quatorze peintures, études de JAMARD : Moutons, chevaux, mulets, poules, bœufs et types arabes.

179 *bis* — Etude de HILLEMACHER. Portrait de jeune femme.

180 à 200 — Quarante peintures non cataloguées.

AQUARELLES ET DESSINS

De feu Henri Collinet

201 — Deux aquarelles. Vues à Florence et à Nice.

202 — — Vues à Cannes et à Sens.

203 — — Vues à Troyes et à Bayeux.

204 — — Eglises Saint-Bertrand et Saint-Georges.

205 — — Villeneuve-sur-Yonne et Marine à Cannes.

206 — — Vues de la rade de Cannes.

207 — Deux aquarelles. Vues à Plombières et à Connes.

208 — — Château en Touraine et moulin à Rotterdam.

209 — — Vues à To urs et à Bayeux

210 — — Vues de la Corniche à Nice et port de Rotterdam.

211 — — Paysages à Mézidon et à Malay.

212 — — Marines à Cannes.

213 — — Dordrecht et la Napoule.

214 — — Epaves sur la plage et Notre-Dame-des-Anges à Cannes.

215 — — La Baignade au Golfe Juan et pêcheurs à Cannes.

216 — Deux aquarelles. La Rade et les allées de la Liberté à Cannes.

217 — — Rue à Pézonnas et pont à Tours.

218 — — Quai de Saint-Raphaël et église Saint-Pierre.

219 — — Vues à Sens (Yonne).

220 — — Vues du port de Nice.

221 — — Rade et port de Saint-Raphaël.

222 — — Le Quai Saint-Pierre à Cannes et vue à Auribeau.

223 — — Le Guy-Lon et rue à Orléans.

224 — — Maisons de campagne à Florence et à Venise.

225 — — Cascade du Château et le Port de Nice.

226 -- Deux aquarelles. Place du Marché à Avignon et entrée du port à Nice.

226 — — Pêcheur et voiture de place à Cannes.

228 — — Vues à la Bocca (Alpes-Maritimes).

229 — — Vue du port de Cannes.

230 — — Marines à Golfe Juan.

231 — — La Drague à Cannes et marée basse à Cabourg.

232 — — Vues de l'Yonne à Sens marine à Cannes.

233 — — Paysage à la Napoule et le Cabestan à Cannes.

234 — — Vues de Jersey et de l'Esterel à la Napoule.

235 — — Vues de la Croisette à Cannes.

236 — Deux aquarelles. La Croix des Gardes Cannes et vue de Magagnosc.

237 — — Vue de Marseille et une rue à Biot.

238 — — Paysages dans l'Oise.

239 — — Vue de Plombières et marine à Cannes.

240 — — Vues à Saint-Hélier.

241 — — Blois et Clermont.

242 — — Paysages à Clermont.

243 — — Paysages à Beaulieu et à la Bocca.

244 — — Plombières et Villefranche.

245 — Soizante-et-onze aquarelles sous verre non cataloguées.

246 — Deux cents aquarelles sur bristol non cataloguées.

247 — Carton de dessins et croquis de Jamard.

248 — Deux cartons de dessins et croquis de Henri Collinet.

249 — Carton de dessins et croquis de divers artistes.

250 — Aquarelle. Paysages par Leteurbe.

251 — Aquarelle : Cour Saint-Barnabé à Venise.

252 — Deux sous-verres contenant six dessins de P.-L. Richard.

253 — Eau-forte de Henriot, d'après Vollon.

254 — Deux aquarelles : Place Solférino à Lyon et Marine.

255 — Gravure en couleur : la Justice.

256 — Deux gravures en couleur : la Jarretière et les Colombes.

257 — Deux aquarelles : Vues de la Napoule à Cannes.

258 — Deux aquarelles : Maisons à Cannes et à Plombières.

259 — Deux aquarelles : Sous le phare, et la Croisette à Cannes.

OBJETS D'ART, MEUBLES
ÉTOFFES

260 — Armoire normande de l'époque Louis XVI.

261 — Trois chevalets d'atelier.

262 - Boîte de couleurs pour l'aquarelle.

263 — Jumelle de marine et une longue-vue.

264 — Un paroissien, deux volumes.

265 — Une statue en bois soulpté, XVIIe siècle.

266 — Un volume de planches gravées sur l'écriture, l'horlogerie et la ferronnerie.

267 — Canette en cuivre de l'époque Louis XVI.

268 — Christ en bois sculpté. Epoque Louis XIV.

269 à 270 — Objets non catalogués.

TABLEAUX
ANCIENS ET MODERNES

OBJETS D'ART, MEUBLES
Appartenant à divers

TABLEAUX
AQUARELLES, DESSINS, PASTELS
(par, d'après et attribués à)

271 — LESLY. Le Bourreau et ses aides sous la Terreur.

272 — FOUBERT (Em.). Les Moissonneurs, toile.

273 — MOLS (Robert). Pépinière au château de Vas-Hol près Anvers.

Toile. H. 0,48. — L. 0,80.

274 — ECOLE DE FONTAINEBLEAU XVIIIe SIÈCLE. Peinture sur toile : Diane chassant Calisto de sa compagnie.

275 — ROSA BONHEUR. Tête de saint Bernard.

276 — POLACK (F.). La place Alfaouine à Tunis.

277 — CURTIS (L.). Sortie du pesage à Auteuil.

278 — — L'Arrivée au poteau.

279 — La Pie voleuse.

280 — POLACK (F.). Une rue au Caire.

281 — — Jeune bergère.

282 — BECLARD (Th.). Basse-cour.

283 — — Pendant.

284 — DUPUYS. Paysage.

285 — ECOLE ITALIENNE. Vénus couchée, d'après Le Titien.

286 — RISC.IGITZ (Ed.). Les Vendangeurs.

287 — GERICAULT (Ecole de). Portrait de cuirassier.

288 — CORRÉE (Emanuelle). Fantasia devant Constantine.

289 — POLACK (F.). Diane. Peinture sur toile.

290 — CHARDIN. Intérieur de cuisine.

291 — FLANDRIN (H.). Esquisse. Sujet allégorique.

292 — GUDIN (Attribué à Th.). Marine.

293 — DELPY (H.-C.). Paysage avec lavoir.

294 — MARAIS (Ch.-Ad.). Effet de neige. Paysage.

295 — DEFAUX (Alexandre). Intérieur de cuisine avec poules.

296 — ECOLE FRANÇAISE. Portrait de jeune femme.

297 — ECOLE ITALIENNE. (Fin du xve siècle) : Vierge et Enfant-Jésus. Peinture sur bois fond or. Cadre bois sculpté.

298 — CLAUDE (Eug.). Chrysanthèmes. Toile. H. 0,80. — L. 1m.

299 — BÉRAUD (Jean). Sujet allégorique.

300 — COURBET (G.). Marine.

301 — FEYEN-PERRIN (Aug.). Jeune moissonneuse.

302 — MOLS (Robert). Barques de pêche devant Rotterdam.

303 — POELLART. La Partie de cartes. Toile. H. 44. — L. 52.

304 — BECK Cheval de labour.

305 — DUVAL (Pierre). Sous bois.

306 — ECOLE FLAMANDE. Buveur. Peinture sous bois.

307 — DAUBIGNY. Moutons. Dessin au crayon gras.

308 — DAUBIGNY. Vaches au pâturage. Dessin à la sanguine

309 — MICHEL. La Montée.

310 — WOENYX (Attribué à). Nature morte.

311 — GUILLAUME (A.). Trois dessins.

312 — BOUCHER (Ecole de). Tête de femme.

313 — TOURTE (LUCIEN). Une rue en Bretagne.

314 — ECOLE FRANÇAISE DU XVIIIe SIECLE. Peinture sur panneau bois. Le Sommeil de Cupidon 1^{m}85-1^{m}30.

315 — VOLLON (Antoine). Le Pont de l'Europe. Esquisse sur toile.

316 — Un Christ en bois sculpté. Epoque Louis XIV.

OBJETS D'ART, MEUBLES

317 — Secrétaire de style Louis XV, marqueterie et bois de rose.

318 — Secrétaire du Premier Empire, acajou et cuivres.

319 — Pastel. Portrait de jeune femme en costume Louis XVI. Cadre en bois sculpté.

310 — DUFEU (E.). Basse-cour. Aquarelle.

321 — Deux peintures sur toile. Sujets mythologiques. Cadres bois sculpté de l'époque Louis XV.

322 — Paravent à cinq feuilles. Peintures de l'époque Louis XIV.

323 — Deux colonnes en bois sculpté doré, de l'époque Louis XV.

324 — Commode en forme de demi-lune, marqueterie et bois de rose de style Louis XVI.

325 — Deux consoles en bois sculpté et doré de l'époque Renaissance.

326 — Console en bois sculpté et doré avec couronne et tête d'ange de l'époque Louis XIII.

327 — Deux appliques en bois sculpté et doré de l'époque Louis XVI.

328 — Statue grandeur nature en bois sculpté et doré, adaptée pour l'éclairage électrique.

329 — Statue grandeur nature en bois sculpté et doré, de l'époque Louis XIII : Saint-Jean.

330 — Peinture Moyen-Age sur panneau bois : Portrait de jeune femme.

331 — Trois épées de l'époque Louis XIII et Louis XIV.

332 — Objets omis au présent catalogue.

www.ingramcontent.com/pod-product-compliance
Ingram Content Group UK Ltd.
Pitfield, Milton Keynes, MK11 3LW, UK
UKHW022144260726
13993UKWH00005B/2144

9 782329 454009